阿加拉
Q-rais

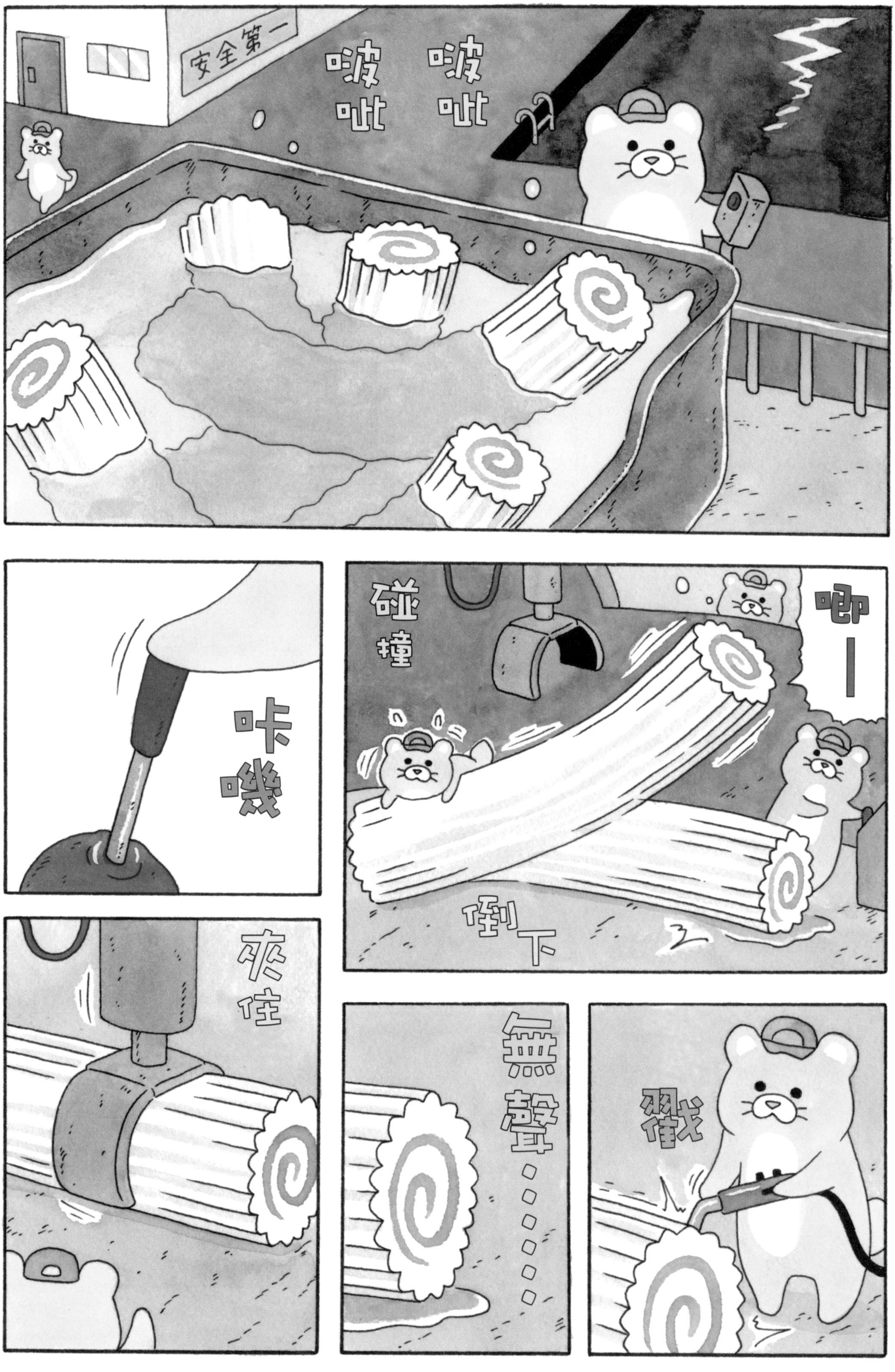
安全第一
啵呲
啵呲
咔嘰
碰撞
唧—
倒下
夾住
無聲……
戳

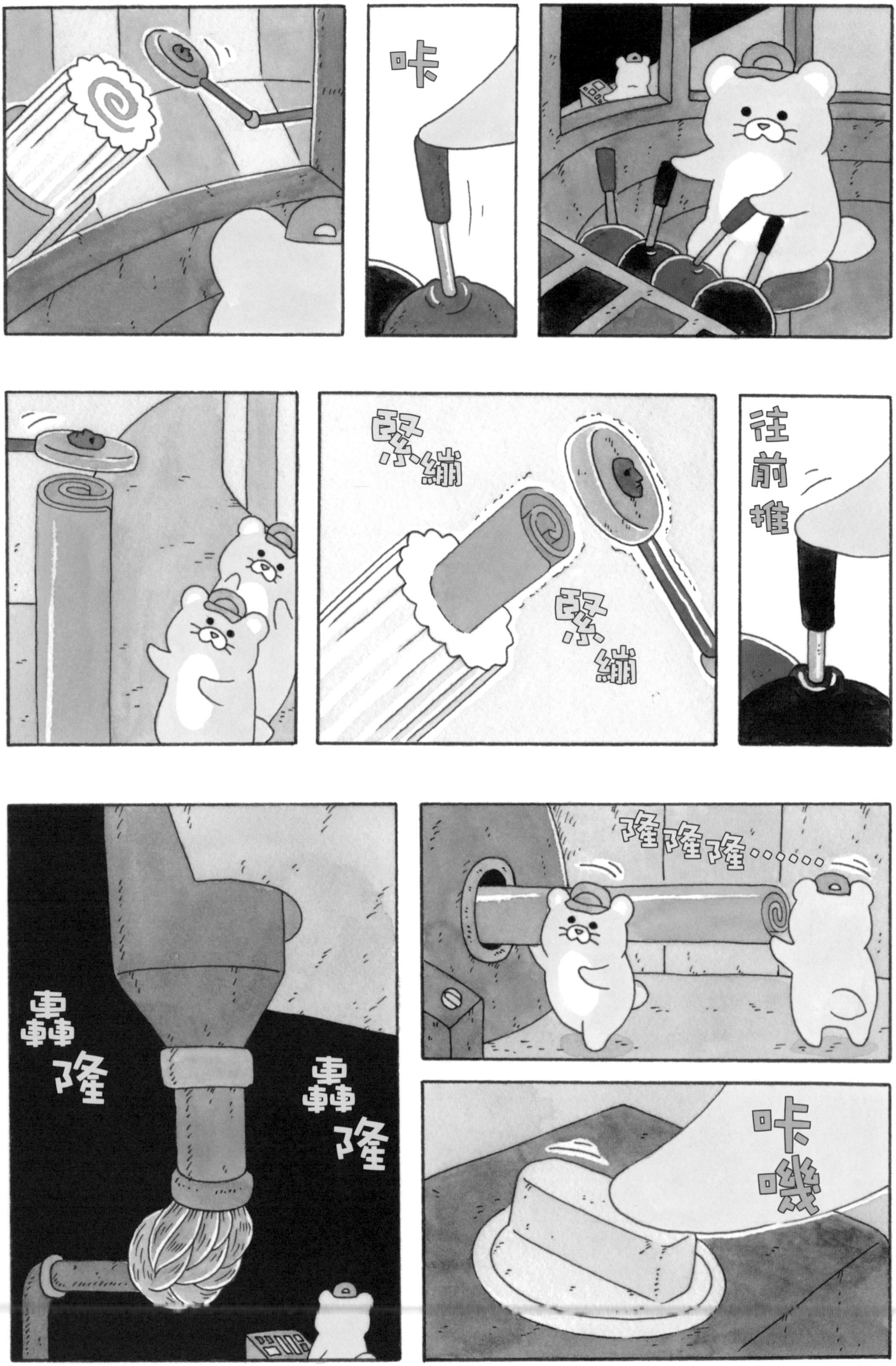

咔
緊繃
緊繃
往前推
轟隆
轟隆
隆隆隆……
咔嘰

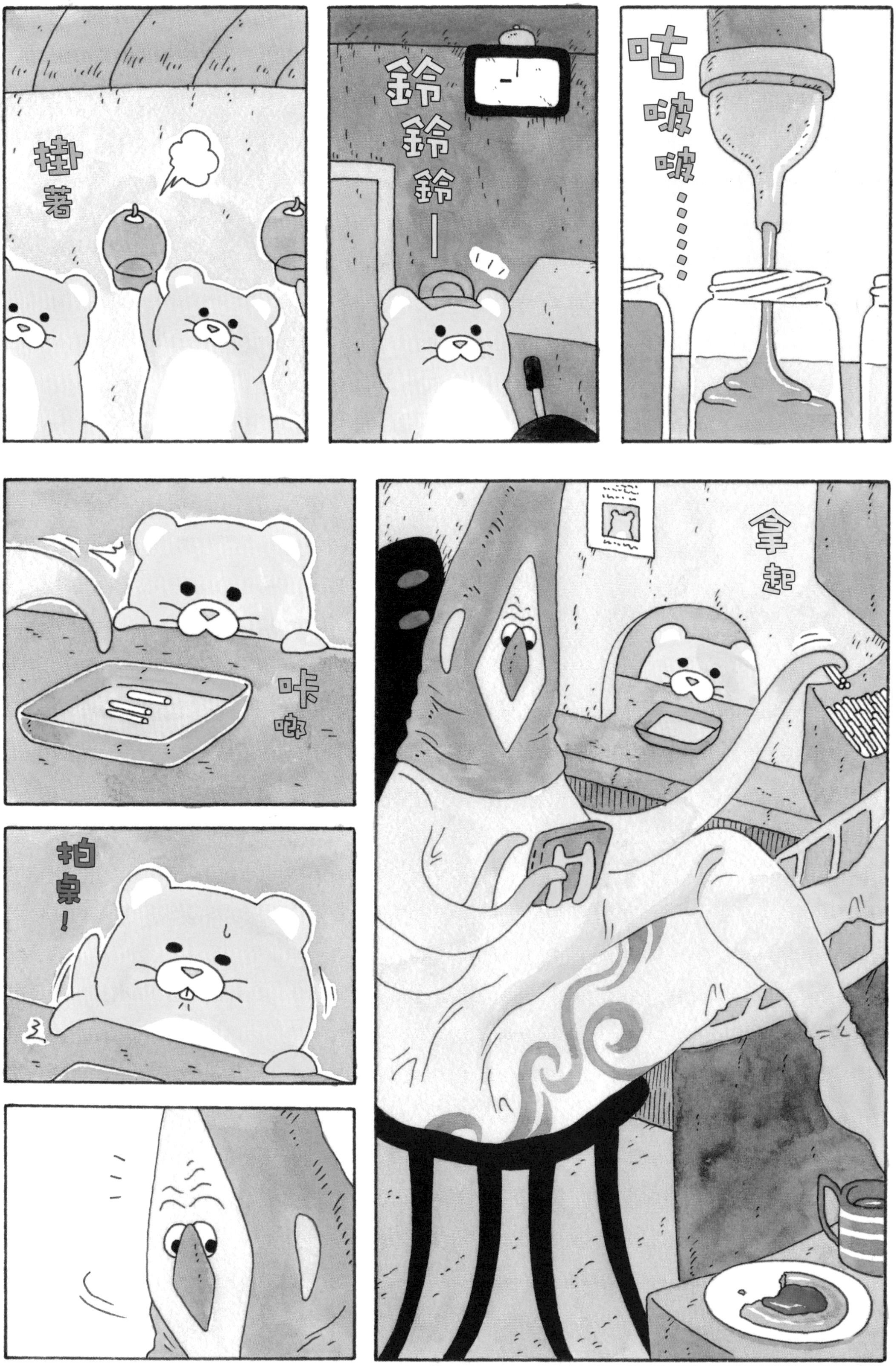
掛著
鈴鈴鈴—
咕啵啵……
咔嚓
拍桌!
拿起

拿
拍桌！拍桌！
收起
咔嚓
果醬
鳴門巻き
JAM
鳴門卷果醬
NARUTO JAM

隆隆—

上湯
豆湯
下湯
下湯

湯
咻～
嘩啦・・・
穿透湯
啵呲・・・

嘰⋯⋯
轟隆隆
發射～～～
砰！！

呼……
發射～
發射～～～
蹦！
暖呼呼暖呼呼
ゆ
湯
現烤肉蛋糕

咔嚓
哇哈哈！
♪~
嗶ッ
強力藤元錠
フジモト
F
嗶ッ
會擴大戰線嗎
嗶ッ

噗嘶
生
辛口
喝
喝
哇哈哈！
攤開
抖動
哇哈哈！
咚叩
咚叩
咀嚼
咀嚼
哇哈哈！
生
Fin
推開

靜……
噗嘶
咕嚕
今日節目已經全部播畢。
噗通
哈欠
刷牙
刷牙
刷牙
刷牙
刷牙

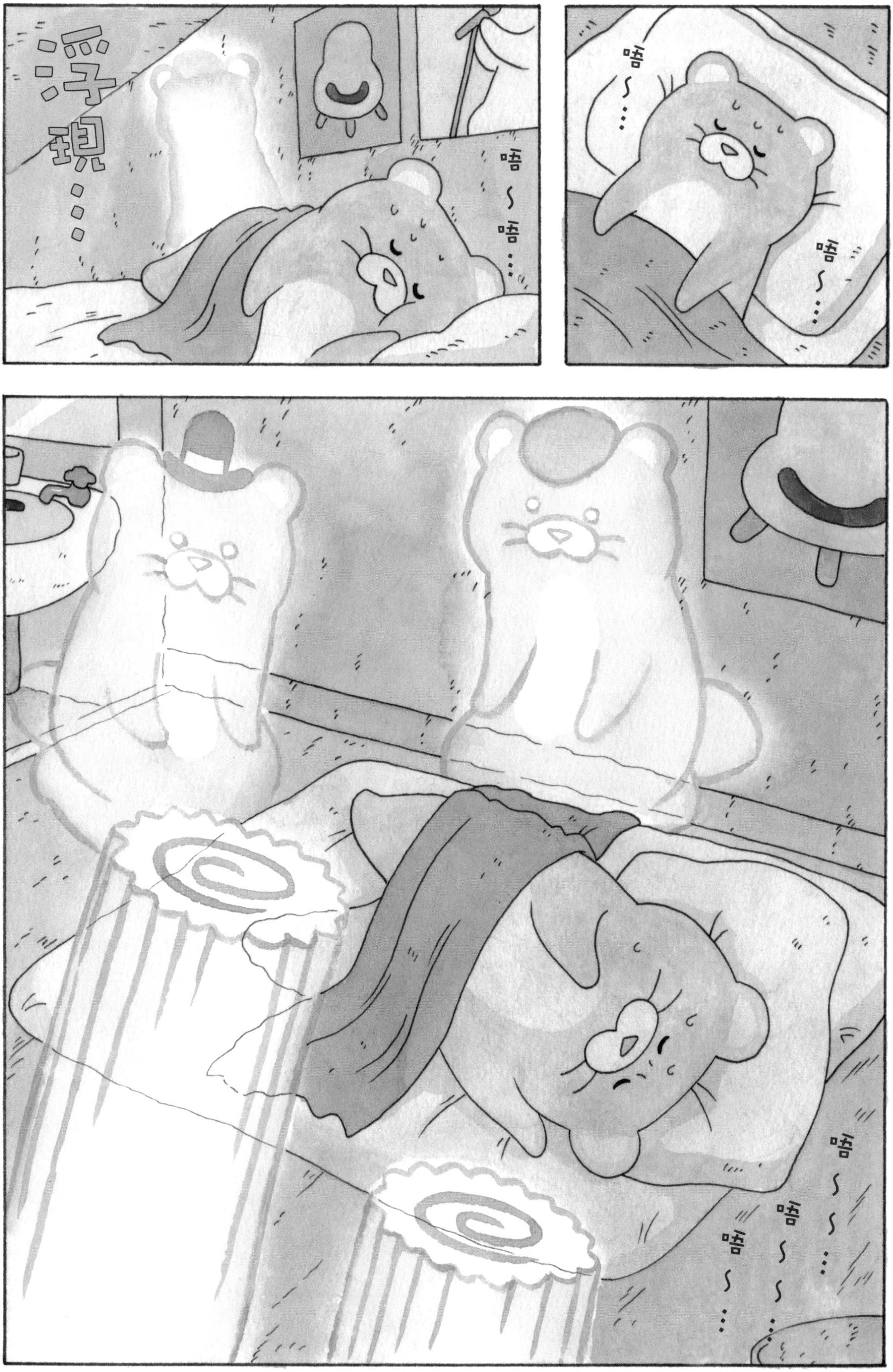
唔～…
唔～…
唔～唔…
浮現……
唔～～…
唔～～…
唔～…

咔噠咔噠
咔噠咔噠

咔嚓
咔嚓
急急忙忙
叩
咔嚓
叩

灑出——
嘮叨嘮叨
嘮叨
起身
抖！
噗咚～
伸手…
冒氣冒氣
低頭
低頭
嘮叨
嘮叨
低頭低頭

嘰嘎……
關上
呼……
解開

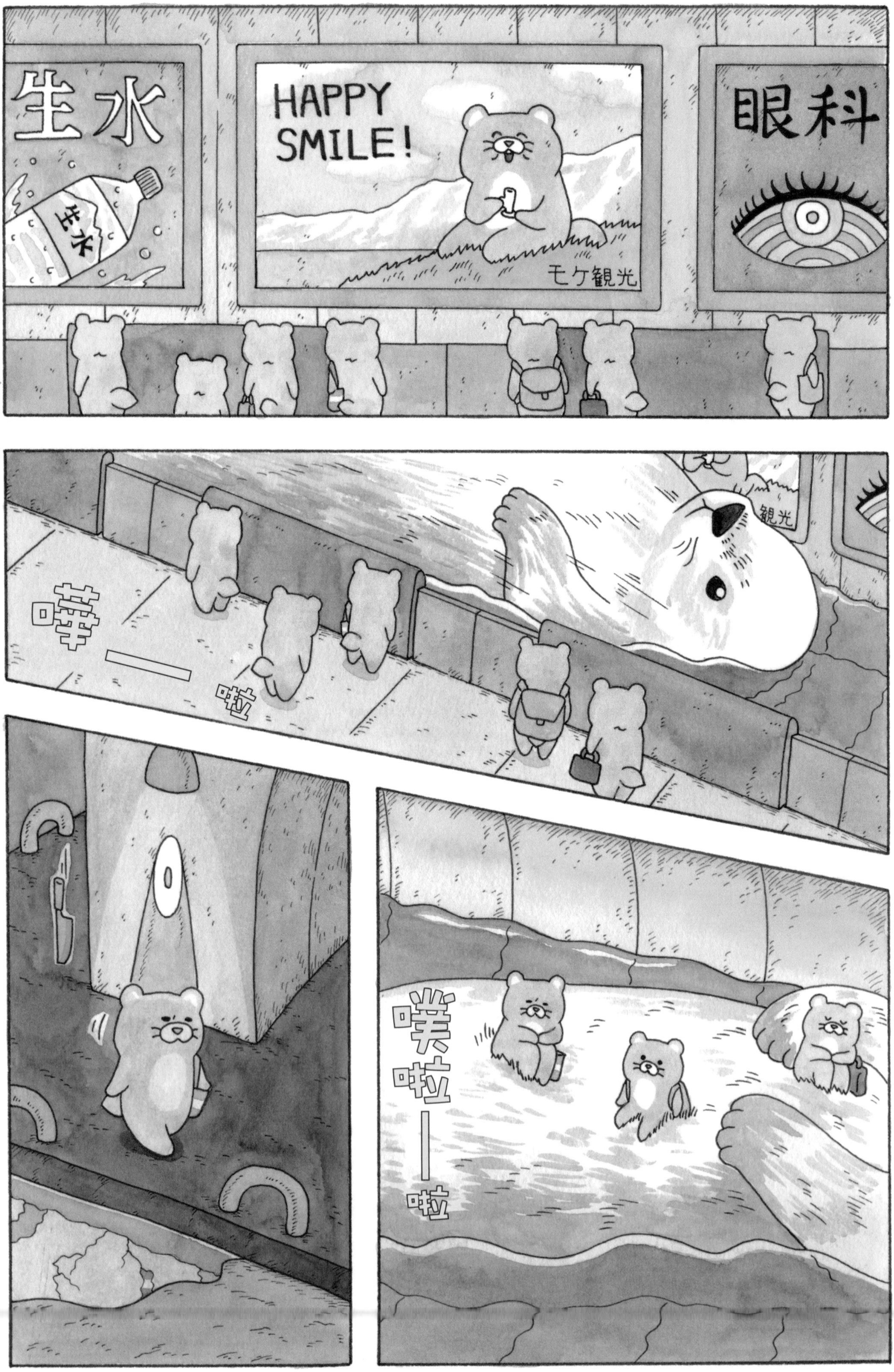

生水
生水
HAPPY SMILE!
モケ観光
眼科
嘩—啦
観光
噗啦—啦

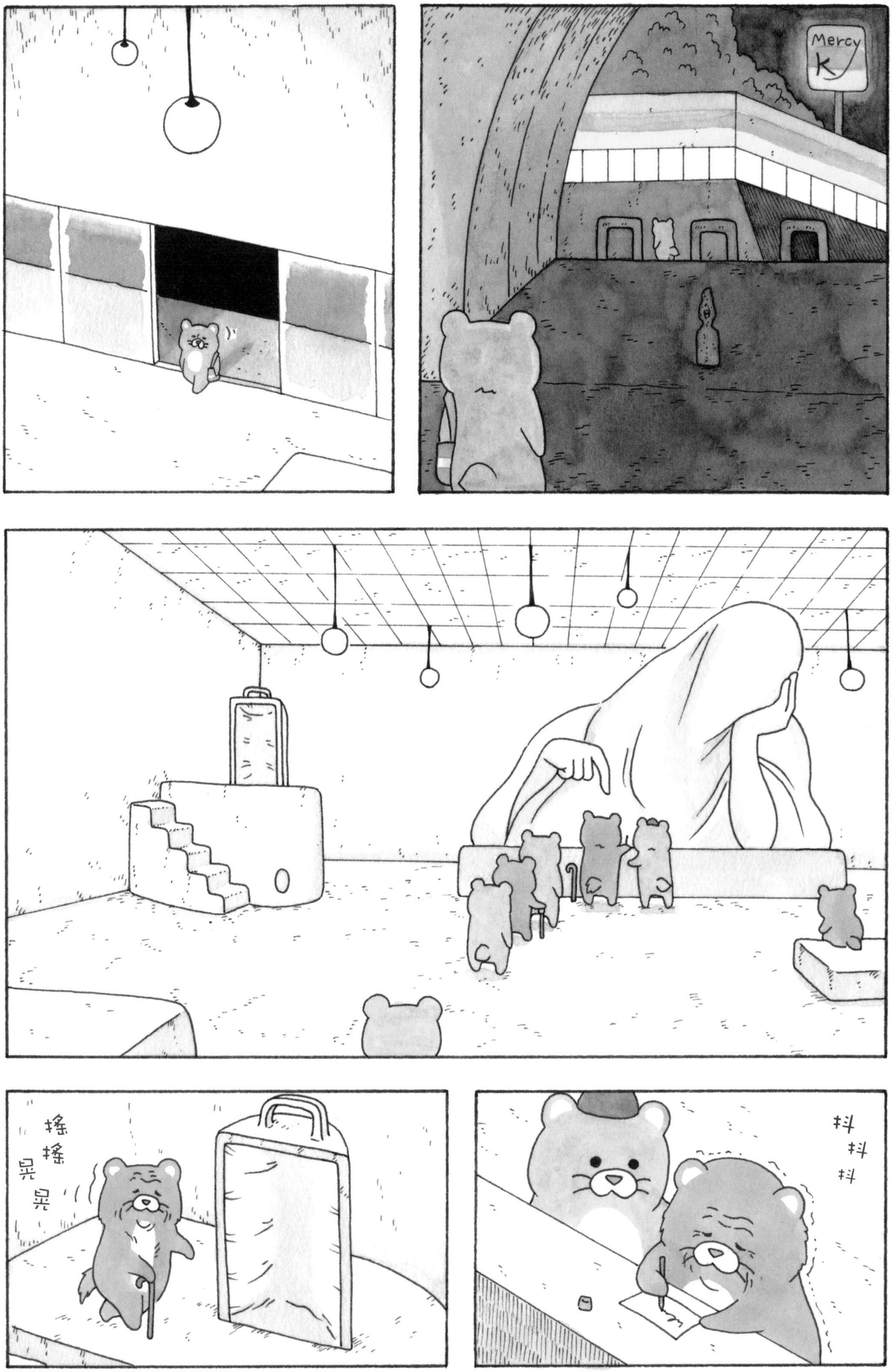
Mercy
K
搖搖晃晃
抖抖抖

咔嘰
咔啦啦
嗡嗡嗡
咚咚咚咚咚咚

升起
咔嚓ー
關東煮

唔！
咚！
……
?
抖
抖
抖
喝
喝
喝
搖搖
晃晃
夢
命運

安
命運
夢
?
安心

浸泡…
呼……
啵吡！
滴答
滴答
嘩啦…

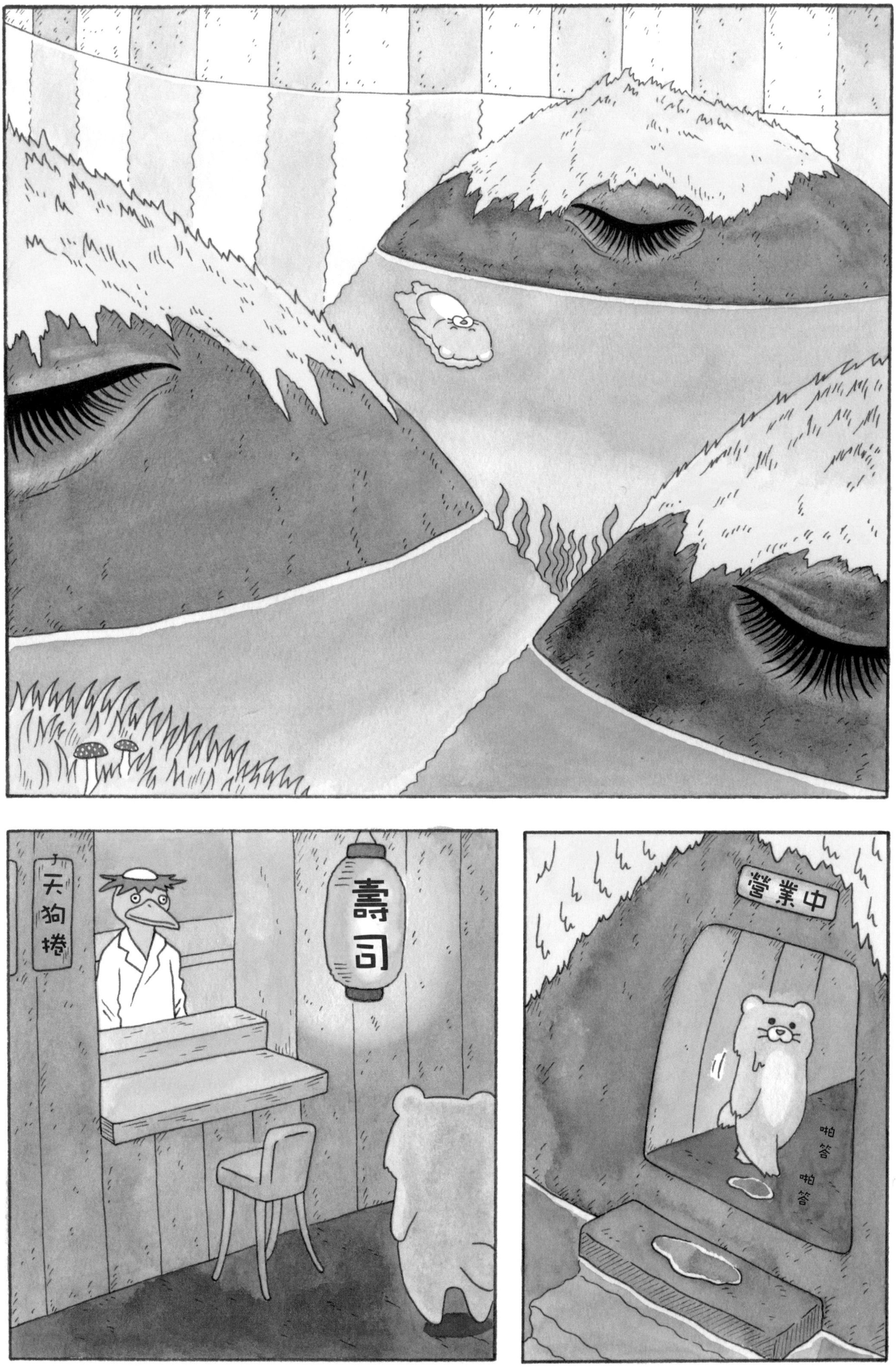
天狗捲
壽司
營業中
啪答
啪答

張口
放
低頭
低頭
濺出
濺出
放

咔嚓！
哎～啊
嘶……
HAPPY SMILE!
モケ観光

噠 噠

嘩啦啦——……
咔嚓！

翻身
翻身
滴答
滴答滴答
滴答滴答
滴答滴答
滴答滴答
滴答滴答
滴答滴答
啪嗒

啪唧
起身
嗒
MEET
HONEY
嗒嗒
咕啵啵
MILK
嗡嗡嗡
開門
叮咚～
冒泡冒泡
啜啜
嗶！
倒入～
咕啵啵

超級開罐器
Super Opener
0120-OX-△XX
哇——！
TV Shopping
哇——！
轉轉轉轉
finger
YUBI
啵！
哇——！
轉轉轉轉
啵！
哇——！
啵！

嗚咿～
?
蔓延滋生
嚇!
呼…
嗶
TV Shopping
無聲…
?
嗡 嗡 嗡
嘩啦—…
大海的神秘
抓!
安全速度

跳動
跳動
東張西望
沙沙沙
沙沙沙
消失

嘩啦——……
嚇！
嗚～咿
滴答滴答
滴答滴答
哐啷
低頭
低頭

CARTOON
Squigi
嗶 -
TV Shopp
嗶 -
Booo!

沙沙沙
丟
Boooo!
消失
嚇！

安眠酒
Sleeping Liquor
1次 1個瓶蓋
叩
咔啦
安眠藥
Sleeping Pill
1次 2顆
滴答滴答
滴答滴答
喝
灌 灌
喝
喝
咬碎咬碎咬碎
倒—
嗶
嗡
嗡
嗡

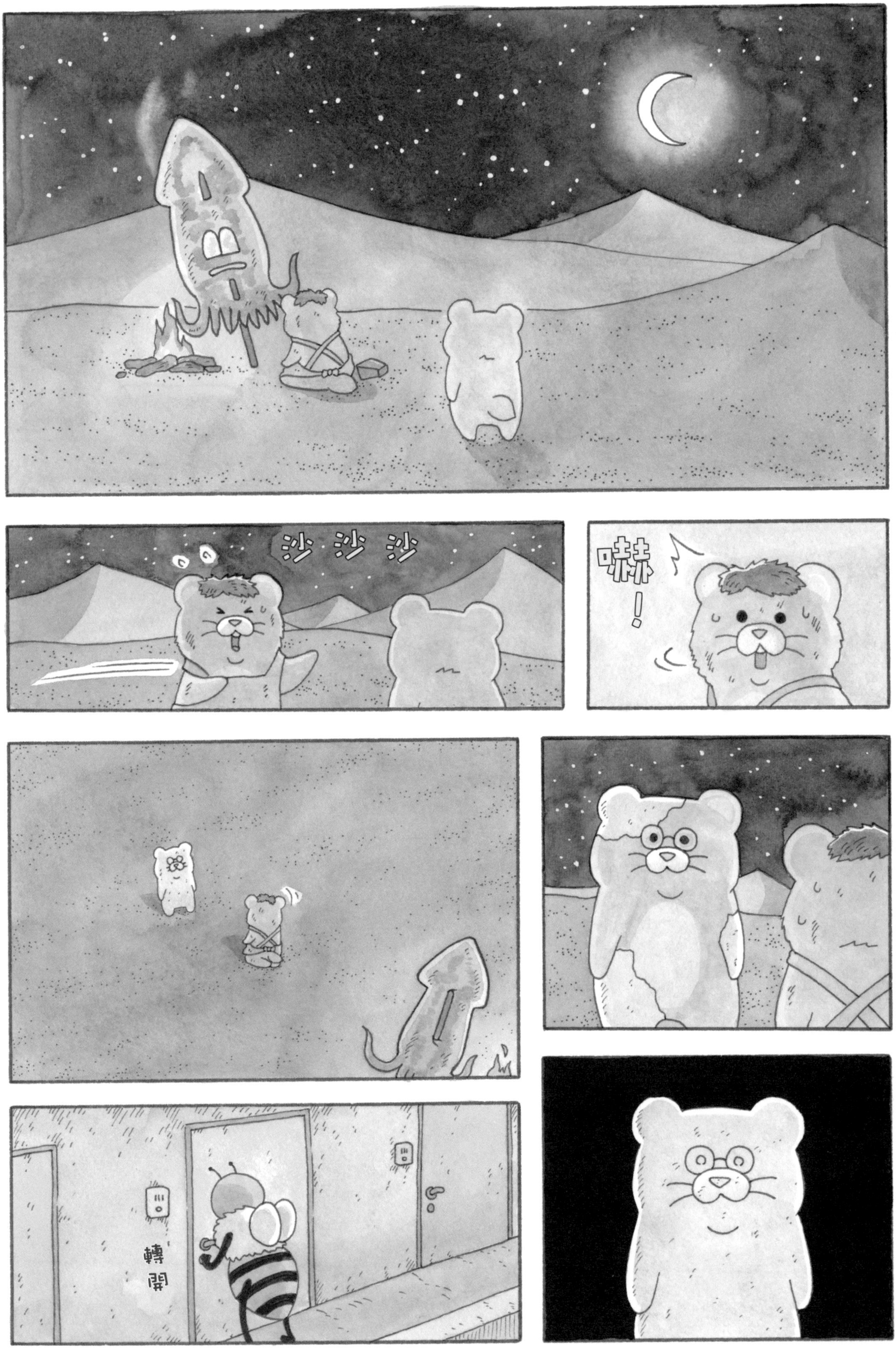
沙 沙 沙
嚇！
轉開

嘰嘎...
最喜歡
爸爸
轉～轉～轉～轉～
嚼
嚼

哇——！
著地
YUBI
唰—
轉～轉～轉～
咻～
東張西望
咻～

咔噠
咔噠
咔噠

轟隆隆
咀嚼咀嚼
嗅嗅
嘔吐
嗅嗅
轟隆隆

唉呀！
咻！
啪滋
啪滋
砰——
唰——
轟隆隆

一步
一步
擠壓
壓縮
壓縮
1402年
壓縮
壓縮
前進——
隆隆隆——

2215年
嗡—
嗡—
嗡—
嗡—
崩落
拆下
滋滋滋
嘎
噹
壓縮

搖頭
搖頭
嗡—
嗡—
2260年
轟
隆
轟隆
隆

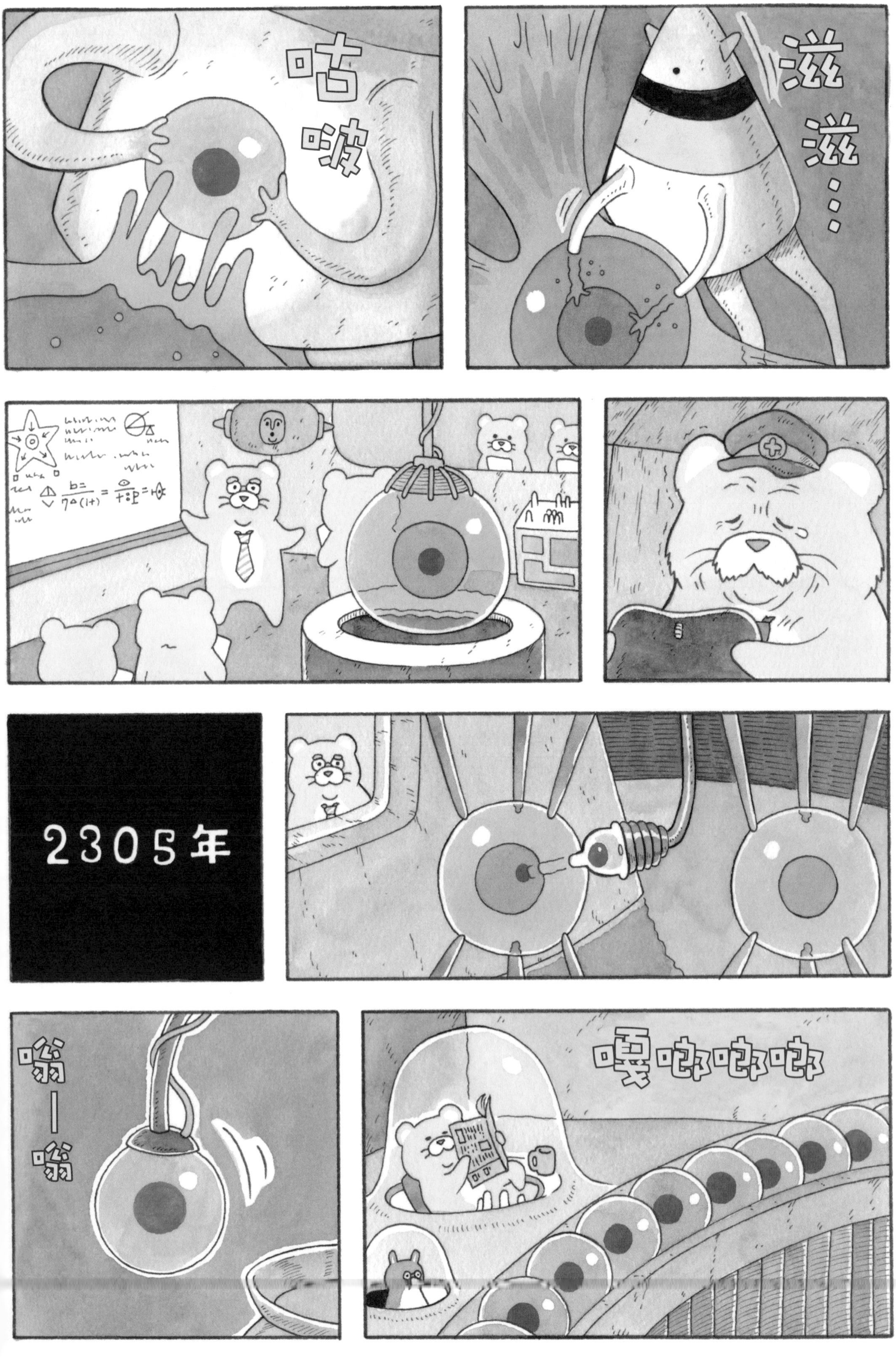
咕啵
滋滋…
2305年
嗡—嗡
嘎啷啷啷

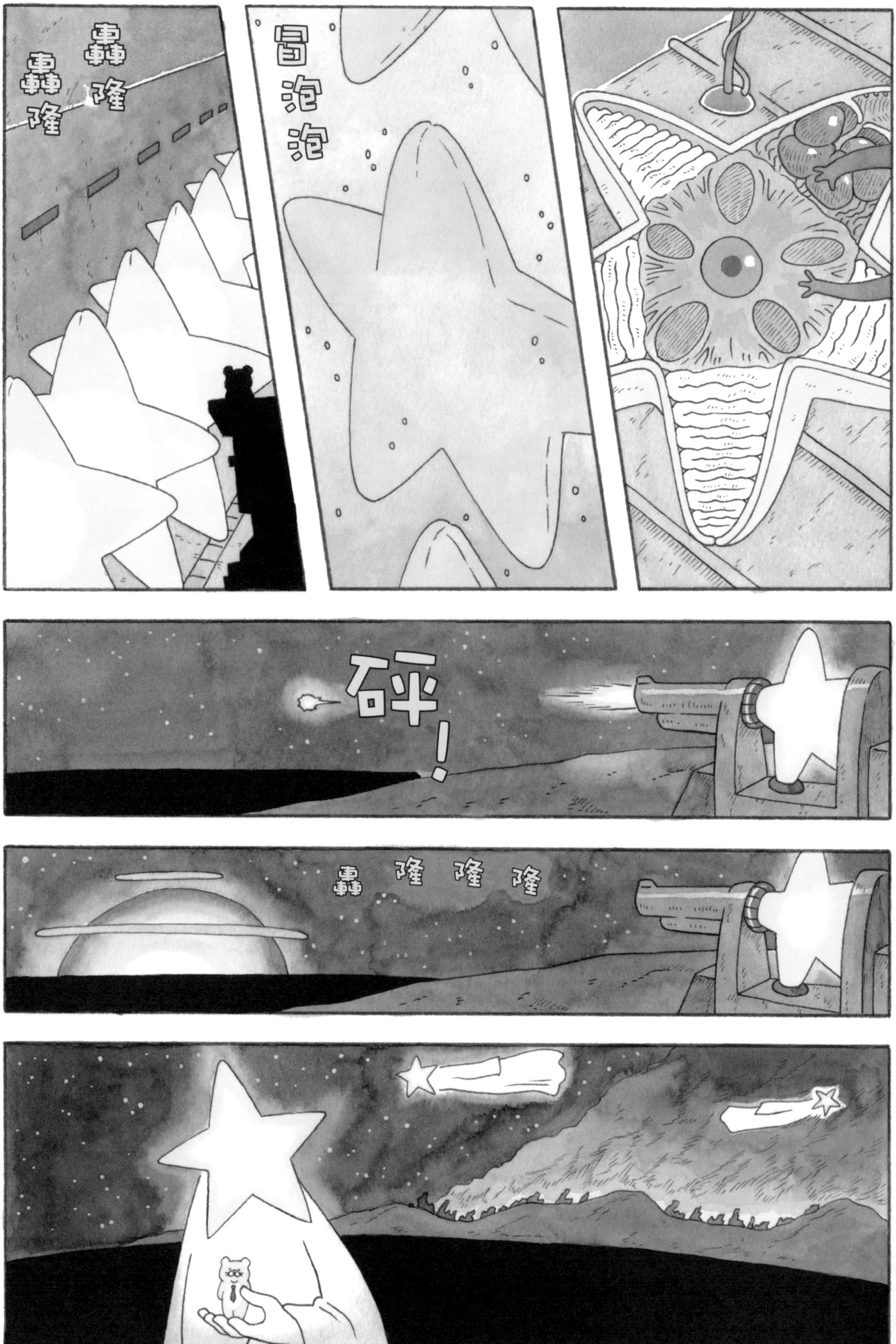
轟隆
轟隆
冒泡泡
砰！
轟隆隆隆

3001年
下水
啵呲
嗶ー
嗶ー
暖呼呼
吹ー

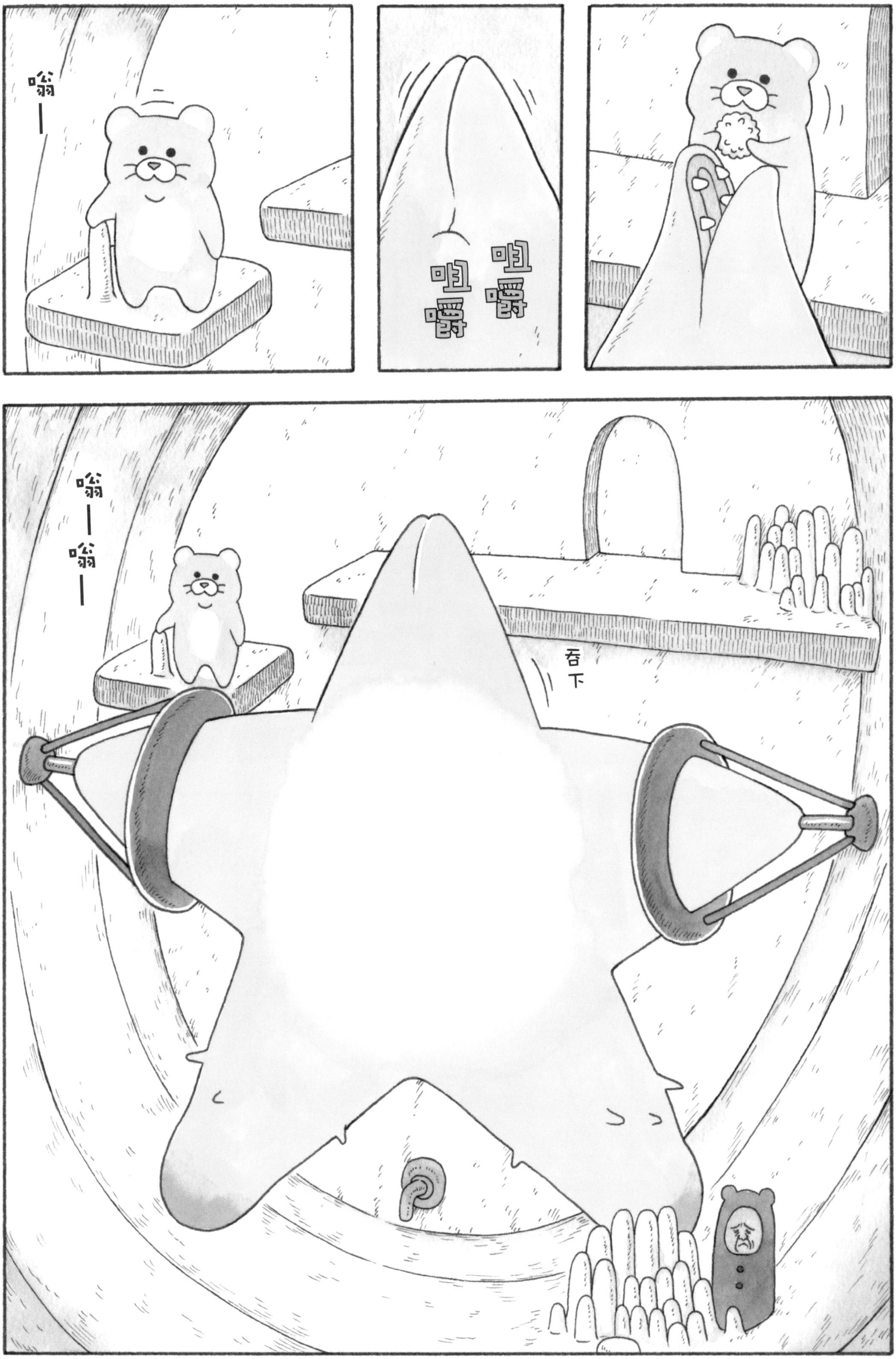
嗡—
咀嚼
咀嚼
嗡—嗡—
吞下

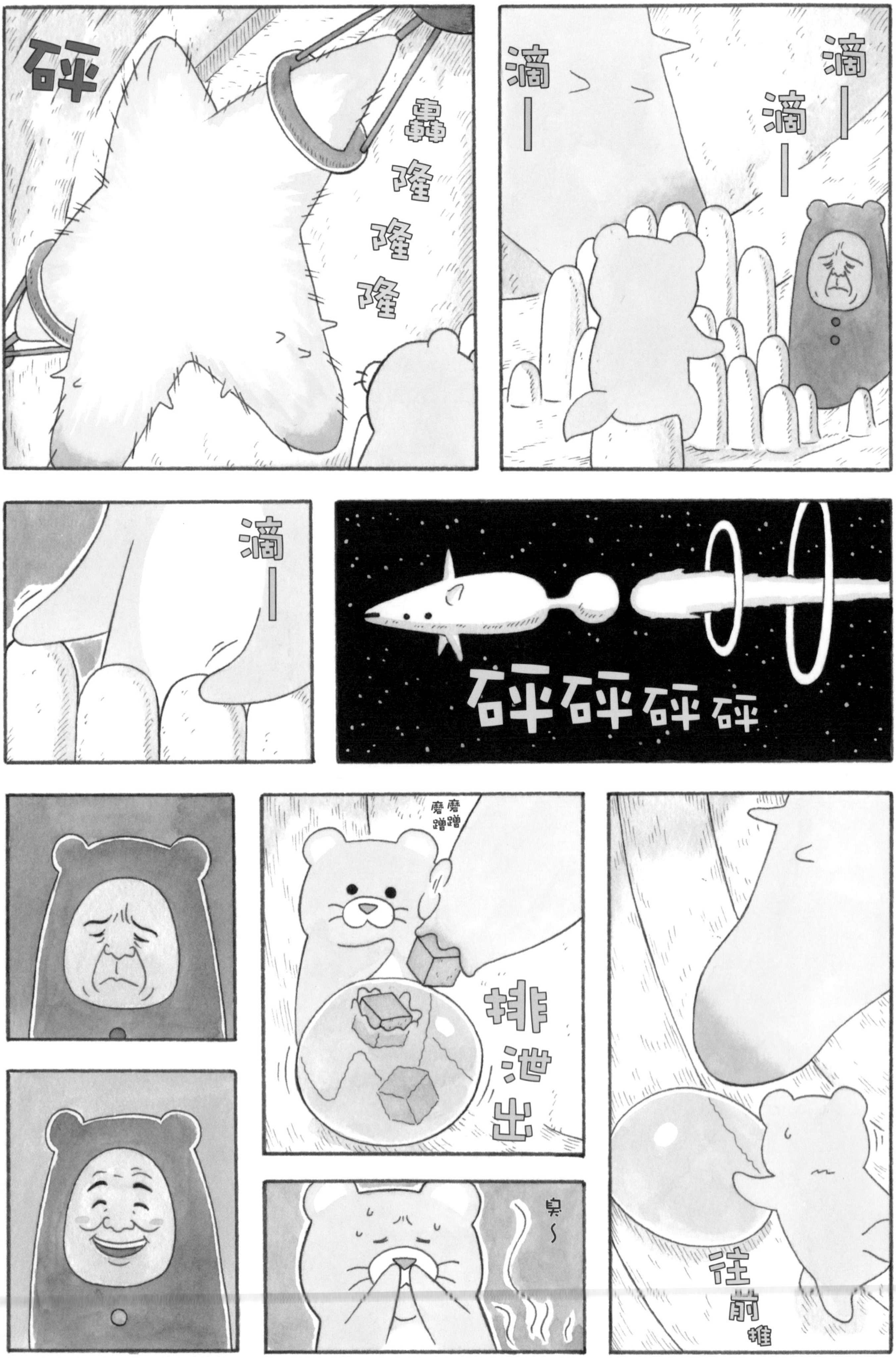
滴—
滴—
滴—
砰
轟隆隆隆
砰砰砰砰
滴—
往前推
磨蹭磨蹭
排泄出
臭~

咻啵啵
嗚
靠上
3065年
咔嚓
壓縮
嗚咿～

掙脫
吞下
咀嚼咀嚼
咬
轟隆隆

探入
揮灑
揮灑
轟
隆隆

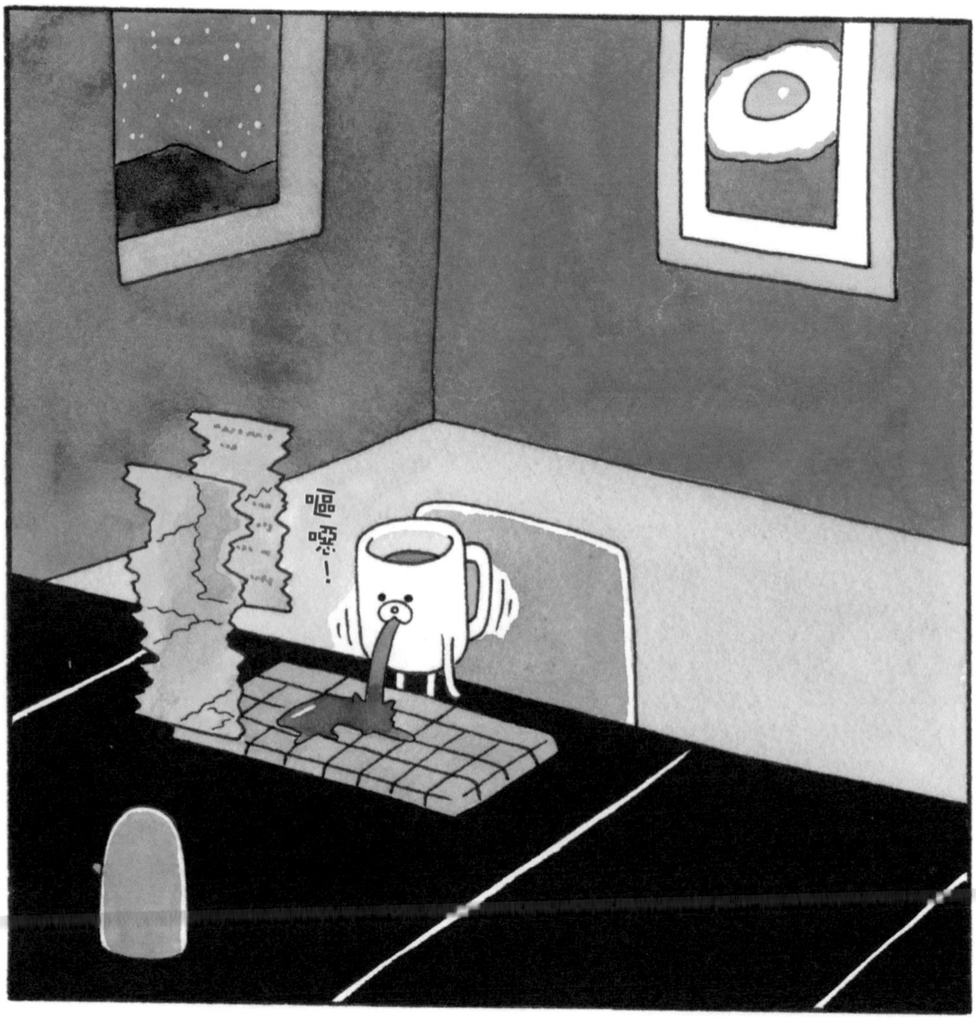
嘔噁！

阿加拉

作　　者　Q-rais
翻　　譯　林廷健
發　　行　陳信祥
出　　版　北星圖書事業股份有限公司
地　　址　234 新北市永和區中正路 462 號 B1
電　　話　886-2-29229000
傳　　真　886-2-29229041
網　　址　www.nsbooks.com.tw
E-MAIL　nsbook@nsbooks.com.tw
劃撥帳戶　北星文化事業有限公司
劃撥帳號　50042987
製版印刷　皇甫彩藝印刷股份有限公司
出 版 日　2024 年 02 月

【印刷版】
I S B N　978-626-7409-04-6
定　　價　新台幣 300 元
【電子書】
I S B N　978-626-7062-99-9 (EPUB)

國家圖書館出版品預行編目 (CIP) 資料

阿加拉 / Q-rais 作 ; 林廷健翻譯 . -- 新北市 :
北星圖書事業股份有限公司 , 2024.02
56 面 ; 21×29.7 公分
ISBN 978-626-7409-04-6(精裝)

1.SHTB: 圖畫故事書 --3-6 歲幼兒讀物

861.599　112018752

| 臉書官網 | 北星官網 | LINE | 蝦皮商城 |